# Mystère et boule de poil !

*collection libellule*

sous la direction de
Yvon Brochu

# DU MÊME AUTEUR

Chez Héritage :

*Le paradis perdu,* 1991

*Destinées,* 1993

*Tadam !* 1995

Aux éditions Michel Quintin :

*Enquête sur la falaise,* 1992

*Mystère aux Îles de la Madeleine,* 1992

*La poudre magique,* 1992

*La fête est à l'eau,* 1993

*La machine à bulles,* 1994

# Mystère
# et boule de poil !

Jean-Pierre Guillet

*Illustrations*
Bruno Saint-Aubin

**Données de catalogage avant publication (Canada)**

Guillet, Jean-Pierre

Mystère et boule de poil!

(Collection Libellule)
Pour enfants.

ISBN: 2-7625-4075-5

I. Titre. II. Collection.

PS8563.U546M985 1995   jC843'.54        C95-940640-9
PS9563.U546M985 1995
PZ23.G84My 1995

Sous la direction de Yvon Brochu, R-D création enr.

Conception graphique de la couverture: Flexidée
Illustrations: Bruno Saint-Aubin
Réviseur-correcteur: Maurice Poirier

© Les éditions Héritage inc. 1995
Tous droits réservés

Dépôts légaux: 3e trimestre 1995
Bibliothèque nationale du Québec
Bibliothèque nationale du Canada

ISBN: 2-7625-4075-5        Imprimé au Canada

LES ÉDITIONS HÉRITAGE INC.
300, rue Arran, Saint-Lambert (Québec) J4R 1K5
(514) 875-0327

*À Kiwi, Nounours, Paprika...
et Yvon ! (par ordre alphabétique)*

# Chapitre

# Pouf!

— Silence, s'il vous plaît! lance mademoiselle Desneiges à ses élèves.

Aujourd'hui, à l'école primaire Saint-Euzèbre, la classe de mademoiselle Desneiges est un peu turbulente. Les élèves murmurent, jettent des coups d'œil aux voisins... Il faut dire que, sur les pupitres, plein de trésors excitent la curiosité des enfants: roches brillantes, collection d'insectes, monstre en plastique, jeu électronique, cartes de sports... Chaque élève a apporté un jouet ou un objet qu'il aime beaucoup et doit le présenter à ses camarades.

La jeune Liette est debout à l'avant de la classe. C'est à son tour de parler. Tous ces yeux fixés sur elle, c'est un peu énervant. Liette sent son cœur qui cogne fort: bouboum! bouboum!...

— Vas-y, Liette, on t'écoute, dit l'enseignante.

Dans ses bras, l'écolière tient un ourson en peluche. Elle a un peu hésité à l'apporter en classe. Les autres élèves vont-ils la traiter de bébé? Liette regarde son toutou, qui sourit comme s'il voulait l'encourager. Alors elle respire un grand coup et prend sa voix la plus forte.

— Voici Toutours, déclare-t-elle. Maman me l'a acheté quand j'étais encore dans son ventre. Il est doux, il sent bon, il a un beau sourire et des grands yeux brillants. Même si j'ai grandi, je l'aime toujours beaucoup. Une fois, mon imbécile de cousin Dédé lui a presque arraché une oreille. Moi, je voulais arracher le nez de Dédé. Heureusement, maman l'a recousue. L'oreille de Toutours, je veux dire, pas le nez de Dédé !

La classe rit et Liette rougit. D'un geste, l'enseignante fait taire les autres et invite Liette à continuer. Celle-ci resserre son étreinte sur son ourson et termine son petit discours :

— Des fois, quand je suis triste ou que je m'ennuie, je vais dans ma chambre lui conter mes secrets et... on dirait qu'il m'écoute. Je veux le garder au moins jusqu'à cent ans !

Liette fait un petit salut avec son ourson. On l'applaudit et mademoiselle Desneiges la félicite. Ouf! Liette est contente de sa performance. Et ses camarades ne se sont pas moqués d'elle, au contraire!

Même Ti-Poil, à travers les barreaux de sa cage, vient jeter un coup d'œil à Toutours. Ti-Poil, c'est un hamster doré, la mascotte de la classe. Il est bien gentil. C'est toujours amusant de le voir courir dans sa roue d'exercice, ou saisir des graines dans ses petites pattes et les cacher dans ses bajoues. Mais la plupart du temps, il dort dans un coin.

— Maintenant, annonce l'enseignante, Abdha va nous faire une démonstration scientifique avec son jeu des jeunes débrouillards.

Abdha Baoud est nouveau à l'école. Il vient d'un autre pays et a la peau foncée. L'air un peu gêné, il s'avance à son tour devant la classe, les bras chargés de tout un attirail : un entonnoir, un grand bol, divers contenants, des cuillères à mesurer, un livret d'instructions.

— Liette, dit mademoiselle Desneiges, peux-tu aider Abdha avec son matériel?

Liette assoit Toutours sur la chaise derrière son pupitre, puis aide le jeune garçon à installer ses affaires sur le bureau de l'enseignante. Celui-ci place l'entonnoir renversé dans le grand bol et y mélange divers produits.

— C'être expérience de petite volcan, murmure Abdha.

Il a un peu de difficulté avec notre langue, car il commence tout juste à l'apprendre.

— Tu peux passer la sucre? demande-t-il à Liette.

Liette hésite devant les flacons. Des étiquettes y sont collées, avec des lettres bizarres dans une langue étrangère. La jeune assistante d'Abdha n'ose montrer son embarras. Devant ses yeux, on dirait que les signes inconnus se mettent à danser, se contorsionnent, se transforment... Elle les fixe désespérément et soudain, croit voir un mot se figer: S?U?C?R?E?... Oui, là, ça doit être ça!

Liette saisit un flacon rempli de poudre blanche et le remet au garçon, qui verse le tout dans son bol. Mais pendant qu'Abdha brasse vigoureusement son mélange, elle remarque un autre flacon de cristaux blancs. Oh, oh!... pourvu qu'elle ne se soit pas trompée! C'est alors que...

*POUF!*

Un énorme nuage monte du bol. Une fine poudre blanche s'éparpille partout. Pff! Liette en a même sur le

bout de la langue. Pff! Ce n'est pas du sucre, c'est de la farine!

Le nuage de farine gonfle, s'enfle, tourbillonne... Tout l'avant de la classe devient blanc! Les cheveux de mademoiselle Desneiges sont blancs comme ceux d'une grand-maman. Abdha a maintenant la peau blanche. Liette va secouer son Toutours aussi blanc qu'un ours polaire. Ti-Poil le hamster éternue dans la poussière blanche.

— Du calme, du calme! s'écrie l'enseignante, d'une voix énervée. Sortez de la classe. Laissez vos jouets, ce ne sera pas long. Monsieur Ramebo va nettoyer tout cela.

Monsieur Ramebo, c'est le concierge. Un gros homme poilu avec une grosse voix. Il arrive avec un chiffon humide et un balai. En passant la porte, Liette se cogne contre lui sans faire exprès.

— Ayayoy! hurle monsieur Ramebo en se tenant le ventre, plié en deux, les yeux écarquillés et la bouche en grimace.

Liette sursaute. Elle est si petite à ses côtés. Comment a-t-elle pu lui faire si mal?

Le gros homme lui fait un clin d'œil et éclate d'un grand rire. C'était une blague! Malgré sa bonne humeur, l'énorme concierge inquiète un peu Liette. Elle se dépêche de sortir.

L'enseignante conduit ses élèves dans la cour de l'école. Voilà une belle récréation imprévue! Les enfants sont ravis et rigolent bien de cette mésaventure. Liette, cependant, pense à Toutours, resté tout seul dans la classe avec l'imposant Ramebo. Mais vite, elle chasse cette idée de sa tête, car elle doit s'occuper de Ti-Poil.

En effet, l'enseignante lui a confié le hamster. Sa cage était tellement couverte de farine qu'on aurait dit un iglou! Le concierge va s'occuper de la nettoyer. Alors Liette a mis le hamster dans la poche de son blouson. On voit juste dépasser la petite tête curieuse de Ti-Poil.

— Oh! attention, Liette, préviennent les élèves. Un chat!

Pacha est un gros chat blanc, jaune et noir qui rôde souvent près de l'école. Le félin renifle l'air attentivement. Une odeur lui titille le museau: de la farine, mais aussi... «Oui, pas d'erreur, ça sent la souris par ici!»

Le chat s'approche lentement des enfants, frôle leurs jambes. Ses yeux verts perçants se fixent soudain sur Liette.

Le hamster rentre la tête en vitesse dans la poche. Le pauvre a tellement peur qu'il cherche à se cacher plus loin. Il gruge le fond de la poche et... Liette se met à rire comme une folle !

— Hi, hi, hi ! Ça chatouille ! Ti-Poil gigote sous mon chandail ! Hi, hi, hi ! Dans mon dos ! Hi, hi, hi ! Au secours ! Hi, hi, hi !

Liette se trémousse au milieu de ses camarades. Toute cette agitation fait fuir le chat. Des dizaines de petites mains tentent de saisir le hamster qui émerge du collet de Liette, grimpe dans son cou et se faufile dans ses cheveux.

— Non ! hon ! hon ! Ça cha... ha ! ha !... touille ! A... ha ! ha !... assez !

Excité, le hamster saute d'un enfant à l'autre. Oups, le voilà par terre ! Il file dans la cour de récréation. Apercevant cette drôle de souris dodue, Pacha rapplique aussitôt.

— Attention ! crient les enfants. Sauve-toi, Ti-Poil, vite, vite !

# Chapitre

# La poursuite

Oh! Pacha bondit sur le hamster. Ouf! Ti-Poil lui échappe en changeant de direction à la dernière seconde. Le pauvre galope sur ses petites pattes aussi vite que possible, vers l'école.

Le concierge secoue son balai par la porte entrouverte. Il voit soudain le hamster lui filer entre les jambes. Avant qu'il n'ait le temps de faire un geste... vroum! au tour du chat. Les voilà dans l'école!

Mademoiselle Desneiges et ses élèves arrivent à la rescousse. Monsieur Ramebo, armé de son balai, poursuit Pacha qui traque toujours Ti-Poil. Tout le groupe court dans le corridor.

*Beding, badang!* Quelqu'un heurte le seau du concierge qui va rouler avec fracas contre les casiers des élèves. Le chat miaule, monsieur Ramebo grogne, les enfants poussent des cris d'excitation, l'enseignante s'époumone: «Silence! Silence!» Toutes les portes s'ouvrent le long du corridor et les enseignants des autres classes, ébahis, se pointent le nez pour voir ce qui se passe.

Bon, voilà maintenant que Ti-Poil entre dans la bibliothèque de l'école! Le chat et le reste de la bande s'y engouffrent derrière lui. Tout le monde crie en pourchassant les intrus. Les deux animaux grimpent sur les rayons et jouent au chat et à la souris parmi les livres. Pacha enjambe *Le Chat botté*, se glisse derrière *Tom et Jerry* et bondit sur *Mickey Mouse*, tandis que Ti-Poil se faufile tout tremblant entre *Comment chat va?* et *Souris ma jolie*.

Liette voit soudain une petite tête effarouchée sortir des *Fables de La Fontaine*. Elle plonge et...

— Youppi! Je l'ai! lance-t-elle en saisissant enfin Ti-Poil.

Pacha évite de justesse le balai de Ramebo. «Zut! Pas de souris au menu aujourd'hui!» Dépité, le félin s'éclipse vivement hors de la bibliothèque.

Avec des cris de joie, les élèves entourent Ti-Poil: Hourra! il est sauvé!

— Mais qu'est-ce qui se passe ici? gronde soudain une voix.

Tout le monde fige. C'est la directrice de l'école, Rose Lépine, qui arrive, alertée par tout ce boucan. Liette, les doigts crispés sur Ti-Poil, retient son souffle et ose à peine lever les yeux. Madame Lépine l'intimide beaucoup. On envoie parfois les élèves

tapageurs à son bureau (ça n'est jamais arrivé à Liette, heureusement). La directrice paraît si sévère, avec son chignon gris, son costume gris et ses yeux gris qui lancent des éclairs. N'aurait-elle pas même un peu de fumée grise qui lui sort par les oreilles?

Mademoiselle Desneiges s'empresse d'expliquer la situation à la directrice.

— Pas de problème, madame, intervient monsieur Ramebo, tout est déjà nettoyé. Le jeune s'est lui-même offert pour m'aider pendant la récré, ajoute-t-il en pointant Abdha du menton.

— Cette expérience me semble un peu trop extravagante pour se faire en classe... conclut madame Lépine sur un ton tranchant en dévisageant Abdha.

— Euh... chez moi fait juste des petits bulles... avec sucre, murmure le garçon en jetant un coup d'œil furtif à Liette.

Liette, très gênée, souhaiterait disparaître à travers les fentes du plancher. «Je lui ai passé le mauvais flacon», se dit-elle.

Devrait-elle l'avouer à la directrice? Impossible, elle a comme une grosse boule dans la gorge... D'une petite voix étranglée, elle commence pourtant:

— ... Je... euh...

Mais déjà, la directrice se tourne vers des élèves qui s'agitent:

— Bon, eh bien la récréation est finie, maintenant. Allez, ouste! Tous à votre classe! lance-t-elle en montrant le corridor du doigt (un long doigt sec et pointu comme une sorcière, songe Liette).

Les élèves suivent mademoiselle Desneiges qui les ramène en classe. Liette pense à son ourson. Pauvre Toutours! Pour une fois qu'elle l'emmène à l'école, quelle mésaventure! Mais quand elle rejoint sa place, une mauvaise surprise l'attend. Vivement, elle tourne la tête à gauche, à droite, regarde sous le pupitre, devant, derrière... C'est affreux!

— Toutours! Toutours a disparu! s'écrie Liette.

# Chapitre

# Le rêve

Ce soir là, Liette se couche le cœur gros : on n'a pas retrouvé Toutours.

À l'école, tout le monde a cherché partout. L'ourson en peluche est introuvable. Profitant de la pagaille, quelqu'un l'aurait-il volé ? Mais qui donc ? Et pourquoi ?

« Un méchant sans-cœur, en tout cas ! » rage Liette.

Elle a beaucoup pleuré. Où est Toutours ? Il doit se demander ce qui lui arrive. Il doit avoir peur ! Pourvu qu'on ne lui fasse pas de mal !

Quand Liette était toute petite et que papa ou maman faisait parler Toutours, il avait l'air vivant. Bien sûr, aujourd'hui elle a grandi, mais... c'est tellement agréable de continuer à faire semblant ! Toutours, depuis toujours, c'est tour à tour son enfant, son ami, son confident chéri.

D'aussi loin qu'elle se souvienne, Liette s'est toujours couchée avec l'ourson à ses côtés. Ce soir, pour la consoler, sa mère lui a chanté une berceuse, tout doucement, comme autrefois. Mais Liette a mis bien du temps à s'endormir.

Dans son sommeil, elle presse l'oreiller contre sa joue et, enfin, retrouve le sourire. Liette rêve qu'elle se promène avec Toutours dans le ciel.

Ensemble, les deux amis rient aux éclats. Ils montent jusqu'à la Lune : c'est une grosse boule de miel. Le gourmand Toutours en croque la moitié. Puis, Liette et l'ourson glissent sur la demi-lune qui reste. Yahou !

Nos deux amis retombent parmi les étoiles qui rebondissent en tous sens. Liette a de la poussière d'étoile plein les cheveux. Toutours se dandine et les cristaux lumineux virevoltent autour de lui. Comme il est drôle !

Mais quelque chose se profile à travers la poussière argentée... Qu'est-ce que c'est ? Oh ! un gros monstre poilu ! Il tient un balai géant. Il court vers eux à grandes enjambées, en faisant tournoyer son balai au-dessus de sa tête !

Liette saisit son ourson par la main : « Vite, vite, sauvons-nous ! »

Vifs comme l'éclair, ils filent jusqu'à Saturne et sautent sur son grand anneau coloré... Oups ! Attention, ça glisse !

Liette tombe dans un nuage blanc et échappe Toutours. Oh non ! Une forme imprécise surgit soudain et saisit le pauvre ourson. Qui est-ce ? À travers les brumes du nuage, Liette distingue à peine un visage sombre... Le ravisseur s'enfuit, emportant sa proie.

— Toutours ! Toutours !

Le rêve de Liette a viré en cauchemar. Elle crie et se débat dans ses couvertures. Boum ! elle tombe de son lit. Liette ouvre de grands yeux éberlués, encore perdus dans le rêve. Il fait noir, elle a peur :

— Maman, Papa! hurle-t-elle en sanglotant.

Maman accourt et la rassure, avec des mots doux, des bisous, des caresses dans le cou... Elle berce Liette, qui se calme peu à peu et se rendort à demi. Papa, qui arrive en bâillant, la remet dans son lit.

— Reste avec moi, Toutours, murmure Liette, encore toute somnolente.

— Menou, menou, marmonne papa comme il le faisait avec Toutours.

En bâillant de plus belle, il s'assoit à son tour dans la chaise berçante à côté du lit, tout en tenant sa fille par la main. Quelques instants plus tard, papa ronfle comme un gros nounours. Liette, bercée par ce ronronnement, se rendort enfin pour de bon.

Au fond de sa tête, pourtant, des images floues se font et se défont comme dans un kaléidoscope. Les traits du ravisseur se précisent. Elle croit le reconnaître. Oui, oui, elle connaît le coupable !

# Chapitre

# Biboulette
# et la « bibitte »

Quand Liette se réveille de nouveau, il fait grand jour. C'est samedi, mais maman, qui est infirmière, est déjà partie travailler. Dans une pièce à côté, on entend papa marmotter. Il pianote sur sa calculatrice et griffonne des papiers. Des fois, il gémit un peu en s'arrachant les cheveux (il devrait faire attention, car déjà, il n'en a plus beaucoup sur le dessus de la tête!). C'est une sorte de devoir ennuyeux qu'il doit faire, l'autre jour il en a parlé avec maman : son rapport de pot (ou quelque chose comme ça...)

Liette se lève. Papa, absorbé par son travail, ne l'entend pas. Un peu plus tard, sortant de son bureau pour se faire un café, il voit sa fille installée devant l'écran de télévision, dans le salon. Papa sourit. Après cette mauvaise nuit, se dit-il, Liette aurait pu faire la grasse matinée, mais rien ne pourrait l'empêcher de regarder ses dessins animés préférés, le samedi matin !

Mais... il n'y a pas de son ? Papa fronce les sourcils, s'approche de plus près. L'écran n'est pas allumé ! Liette fixe l'appareil, le regard vide.

— Mais qu'est-ce que tu fais là, ma biboulette, tu ne regardes pas les dessins animés ?

— J'ai pas le goût.

— Je vais te faire à déjeuner...

— J'ai pas faim.

— Hum... pas très en forme, ce matin ! Je peux t'aider ?

— Il faut pas te déranger quand...
euh... le rat part d'un pot, marmonne
Liette, la face longue.

— Le rapport d'impôt? s'exclame
papa. Voyons, biboulette, tu passes
bien avant ça!

Il s'assoit sur le divan avec sa fille
et fait marcher ses deux gros doigts
sur la tête de Liette. C'est la
«bibitte», un de ses vieux trucs pour
la dérider. Les doigts glissent sur le
nez de Liette, virevoltent et atterris-
sent dans le creux de son cou. Ça chatouille! La petite fille esquisse un
sourire et saisit les deux grands
doigts.

— Je m'ennuie de Toutours,
bibitte...

— Peut-être que tu vas le retrouver à l'école, lundi matin, dit papa en

essayant de prendre une petite voix de bibitte.

Liette fait signe que non, sans rien dire. Elle a fouillé partout dans la classe. Papa le sait bien. Que faire pour la consoler?

— Peut-être que papa pourrait t'acheter un super beau, un super gros toutou en peluche? suggère bibitte.

Liette jette un regard noir à son père et lâche ses doigts. Non, rien ne remplacera son cher vieux Toutours! Elle serre les poings et lance enfin ce qui lui trotte dans la tête depuis qu'elle s'est levée:

— Je sais qui a volé Toutours: c'est Abada Baoum!

— Quoi? Badaboum? Qu'est-ce que tu me racontes là?

— Adba... euh... Baou..., en tout cas, le nouveau, celui avec un nom bizarre et un drôle d'accent. Tu sais... c'est... hum... un peu ma faute, si son expérience a raté. Je... je lui ai passé le mauvais produit. Mais sans faire exprès, je te le jure! Il est resté pour nettoyer la classe quand on est sortis. Je pense qu'il a pris mon toutou pour se venger. C'est lui, le visage foncé dans mon rêve!

— Holà, ma fille, fait papa, tu ne trouves pas que tu sautes un peu vite aux conclusions? On ne peut pas se fier aux rêves. Tu accuses ce garçon sans preuves.

Liette se renfrogne avec un soupir. C'est alors que... *Dinnnng! Donnnng!* Le carillon sonne à la porte d'entrée.

Tandis que papa va ouvrir, Liette regarde par la fenêtre. Son cœur fait badaboum dans sa poitrine: Abdha Baoud! Il est là sur le perron. Et il serre quelque chose contre lui. Liette voit un bout de fourrure brune, deux grands yeux brillants... Toutours? Est-ce que c'est Toutours?

# Chapitre

# Flic
# la police

« Il a eu des remords, pense Liette.
Il me ramène mon bon vieux
Toutours, c'est merveilleux ! »

Elle se précipite vers la porte... et
s'arrête aussitôt, dépitée. Ce n'est pas
Toutours, dans les bras d'Abdha, mais
un chien. Un vrai chien vivant.

— Bon... Bon matin, monsieur, fait
Abdha. Allô, Liette !

— Bonjour, mon garçon, dit le père de Liette. Qu'est-ce qu'on peut faire pour toi?

— Je... vouloir aider Liette pour sa Nounours. Avec ma chien police!

— Chien police? répète Liette, surprise. Oh! tu veux dire... Ça, un chien policier, sans farce? s'exclame-t-elle.

Incrédule, elle fixe l'animal: comme il est laid! Une sorte de chien saucisse avec des oreilles pendantes, des poches sous les yeux, l'air endormi.

— Flic, son nom. Bon pour sentir... Tu as autre linge de ta ours?

Liette hésite. Lentement, son regard s'allume tandis que l'idée fait son chemin. Suivre la piste du voleur... Pourquoi pas? On ne sait jamais! Si vraiment son chien... Mais pourquoi Abdha offre-t-il de l'aider?

Avec un clin d'œil à sa fille, papa intervient :

— Justement, dit-il, Liette me parlait de toi et du super volcan, hier...

— Je... hum... m'excuse... dit Liette. Sans le vouloir, j'ai fait rater ton expérience. Tu n'es pas fâché ?

Abdha sourit à belles dents et secoue la tête.

— Partout tout blanc, très drôle, hein ! Mais après... je triste pour toi, perdu ta Toutours... Un peu mon faute...

Les yeux brillants, Liette regarde Abdha, puis son chien. Il y a là une chance de retrouver Toutours. Elle se sent soudain pleine d'énergie. Oui, c'est génial ! Il n'y a plus à hésiter, il faut tout tenter !

— Attends, dit-elle, je vais cher-cher une vieille robe de Toutours qui sent encore sa bonne odeur.

Liette court à sa chambre. Pendant ce temps, le chien Flic commence à s'agiter dans les bras d'Abdha.

— Tu peux déposer ton chien par terre, propose le père de Liette.

Aussitôt au sol, Flic se met à flairer partout. Puis il s'arrête devant le poteau de la lampe du salon, lève la patte, et...

— Hé là, stop! crie le papa.

Il se précipite sur le chien, juste à temps pour éviter le dégât. Le père de Liette saisit l'animal à bout de bras.

— Tout compte fait, dit-il, vous seriez peut-être mieux d'attendre

Liette dehors! Il y a une borne-fontaine, juste en face...

Tandis qu'Abdha sort avec Flic, Liette jaillit de sa chambre, brandissant du vieux linge de son toutou. Papa a tout juste le temps de l'intercepter avec un muffin et un verre de lait, qu'elle engloutit à toute vitesse.

— Reviens avant le dîner, ma biboulette, recommande papa.

Liette fait «oui» de la tête, la bouche encore pleine, puis sort en coup de vent pour rejoindre Abdha qui s'amuse avec son chien sur le trottoir.

Le père de Liette écarte le rideau de la fenêtre et les salue de la main. Il sourit en observant le trio s'éloigner en direction de l'école. C'est fermé, le samedi matin, mais les enfants veulent inspecter les alentours. Heureusement, l'école est tout près de chez Liette, juste à côté d'un terrain de jeux très fréquenté, alors papa n'est pas inquiet. Il ne pense pas que le chien puisse vraiment retrouver l'ourson. Mais n'est-ce pas mieux que de rester à ruminer devant une télé éteinte ? Et c'est peut-être l'occasion pour sa fille de se faire un nouvel ami...

Après avoir envoyé la main à son père, Liette se hâte vers l'école avec Abdha. Flic les suit, ventre à terre et pataud sur ses courtes pattes. Va-t-il réellement les mettre sur la piste de l'ourson disparu ?

# Chapitre

# Un trajet périlleux

— Attention, prévient Abdha, le chemin a beaucoup danger !

Alors que Liette va marcher sur une fente du trottoir, Abdha s'exclame :

— Pas marche sur lignes !

Liette sursaute et pose son pied plus loin malgré elle.

— Ça serpents, Ssss ! Ssss ! fait Abdha en sautillant par-dessus les fentes du trottoir.

«Pfft! un jeu!» pense Liette. Comment Abdha ose-t-il lui demander de «jouer» alors qu'elle est si préoccupée par la disparition de Toutours! Liette n'a vraiment pas le cœur à s'amuser! Elle continue sa route sans s'occuper des supposés serpents.

Mais Abdha continue son jeu. Il marche avec précaution le long de la chaîne du trottoir. Pour lui, cela devient une falaise au bord d'un précipice géant. Le garçon désigne soudain à Liette la grille d'une bouche d'égout:

— Oh! là, là! Coco...driles, dit-il, les yeux écarquillés.

Des crocodiles! Liette ne peut se retenir de jeter un coup d'œil. Ce gargouillis, au fond du trou, qu'est-ce que c'est? Un claquement de mâchoire? Elle s'écarte prudemment. À sa grande surprise, elle commence à se prendre au jeu !

Comme ils arrivent en vue du terrain de jeux à côté de l'école, Abdha s'agrippe à la clôture grillagée

de l'entrée, puis saute sur une grosse roche.

— Eau... océan, dit-il en montrant le sol gazonné. Beaucoup requins!

Liette éclate de rire: ce garçon a tellement d'imagination qu'il lui fait un peu oublier son chagrin. Elle se décide à le suivre. Pour éviter de toucher au gazon-océan infesté de requins, les deux enfants bondissent sur des pierres, des bouts de carton qui traînent, une vieille planche. Ce sont des îles, des radeaux ou des ponts qui leur permettent de traverser la mer à pied sec.

Le chien Flic, qui les suit toujours, observe leur manège avec des yeux en points d'interrogation.

— Flic nage dans eau, explique Abdha. Requin pas mange, pas aime chien police.

Oh non! Voilà que Liette tombe à la mer! Abdha pose un pied dans l'eau, lui tend le bras, la tire juste à temps de la gueule d'un requin. Ouf! Il lui a sauvé la vie!

Les deux aventuriers parviennent à un jeu d'équilibre installé dans le parc: des poutres de bois horizontales, longues et étroites, surélevées à quelques centimètres au-dessus du sol sablonneux. Les bras écartés, Abdha et Liette marchent lentement, un pied devant l'autre, comme s'ils se trouvaient sur un fil de fer en plein ciel. Ahhhh! Abdha perd l'équilibre. Heureusement, il se retient à la poutre et remonte aussitôt. (Ses pieds ont touché par terre, mais... on va dire que ça ne compte pas!)

Ils arrivent ensuite à une plate-forme en bois, perchée sur de gros billots plantés dans le sable.

— Une base secrète entourée de sables mouvants? propose Liette en regardant Abdha.

Le garçon hoche la tête énergiquement, ravi qu'elle entre à fond dans le jeu.

Ils courent très vite dans le sable pour ne pas s'enliser, puis grimpent sur une échelle de chaînes, plus haute que les plus hauts gratte-ciel du monde. Fiou! ça y est. Ensuite, il faut redescendre en se laissant glisser sur un poteau métallique, comme des pompiers.

Enfin, ils ont triomphé de tous les obstacles. Ils sont arrivés sains et saufs dans la cour d'école. De vrais champions! Liette et Abdha se sourient. Après tout, il est pas mal, ce garçon, songe-t-elle.

Flic se roule dans le sable, à l'ombre de la plate-forme. Il fait soleil, des oiseaux chantent dans les arbres. Des camarades qui jouent au ballon un peu plus loin les saluent de la main. Ce serait une si belle journée, si... (soudain, le sourire de Liette s'éteint)... si Toutours n'était pas perdu!

— Assez jouer, s'exclame-t-elle, il faut chercher Toutours!

En effet, ils ont une enquête sérieuse à mener: Abdha appelle son chien policier et Liette lui fait sentir la vieille robe de Toutours. Flic renifle plusieurs fois, puis tourne en rond sur lui-même.

Il n'a pas l'air de trop savoir quoi faire.

— Viens, Flic! Par ici... appelle Liette.

Elle court en direction de l'école, pour mettre le chien sur la piste. Elle se dirige vers la porte arrière, qui donne sur la cour de récréation.

Soudain, Liette s'arrête net. La porte est ouverte. Devant, se tient un gros homme avec un drôle de chapeau de paille, des bermudas blancs et une chemise fleurie. Il regarde dans sa direction, avec des jumelles. Liette pâlit et un frisson la saisit : à côté de l'homme, il y a une boîte. Une boîte assez grosse pour y cacher un ourson...

Flic reste prudemment derrière Abdha, qui s'est arrêté lui aussi près de Liette. L'homme abaisse ses jumelles, découvrant son visage. Liette pousse un petit cri. Mais c'est le monstre poilu de son rêve !

Et le monstre se dirige vers eux...

# Chapitre

# Fausse piste!

Liette reste clouée sur place. Le monstre poilu s'approche. C'est monsieur Ramebo! Elle le trouve encore plus impressionnant, dans son bizarre accoutrement. Une idée lui passe par la tête comme un éclair: elle aurait dû penser plus tôt à l'inquiétant concierge! En nettoyant la classe, il aura pris Toutours pour faire une de ses farces plates!

L'homme pointe son gros doigt audessus de la tête des deux jeunes, vers la rue, et marmonne quelque chose de sa grosse voix.

— Quoi? Un... chasseur de flic? répète Abdha.

— Non, un jaseur d'Amérique, corrige monsieur Ramebo. C'est le nom de cet oiseau, là, dans l'arbre. Regardez comme il est joli, dit-il en tendant ses jumelles aux enfants.

C'est donc cela qu'il observait! Un bel oiseau qui chante joyeusement dans un arbre voisin. Ce gros monsieur s'intéresse aux petits oiseaux? Liette est bien étonnée de l'apprendre.

Elle est encore plus surprise en voyant soudain mademoiselle Desneiges sortir de l'école. Qu'est-ce que l'enseignante fait ici, un samedi matin?

— Oh! bonjour les enfants! Saviez-vous que monsieur Ramebo et moi aimons tous deux observer les oiseaux? Même si c'est congé, il est venu m'aider à installer ceci près du terrain de jeux. C'est pour la prochaine leçon d'écologie...

Mademoiselle Desneiges sort de la boîte une maisonnette d'oiseaux.

— Monsieur Ramebo l'a fabriquée lui-même, poursuit-elle. C'est gentil, n'est-ce pas?

Liette hoche la tête, l'esprit ailleurs. Elle est déçue. Hélas! ce n'était pas Toutours dans la boîte...

Les deux adultes s'éloignent avec la maisonnette d'oiseaux. Mais pendant ce temps-là, Flic n'est pas resté inactif. Il renifle partout autour de la porte que l'enseignante a refermée. Puis il longe le mur de l'école, le nez toujours dans la poussière, et continue vers la clôture grillagée. Le regard de Liette se ravive.

— Crois-tu qu'il a trouvé une piste? demande-t-elle à Abdha en s'élançant derrière le chien.

— Oui! Oui! fait Abdha avec de grands signes enthousiastes de la tête.

Flic regarde à gauche, à droite, flaire une touffe d'herbe, tourne deux fois sur lui-même. Enfin il tombe en

arrêt, fixe une maison voisine de l'école, et part comme une flèche dans cette direction. Les deux enfants le suivent de près avec des cris d'excitation.

Un gros chat, tapi derrière un rosier, bondit soudain devant eux. C'est Pacha! Flic le poursuit en aboyant furieusement. Mais le félin est bien plus vif que le chien pataud et court se réfugier sous la galerie de la maison.

— Zut! s'exclame Liette, encore une fausse piste! Ton chien est trop bête: il a senti le chat au lieu de chercher Toutours.

— Chut, Flic, assez! gronde Abdha en essayant de retenir son chien.

Flic, surexcité, continue d'aboyer devant le treillis qui entoure le bas de la galerie. Alerté par ce vacarme, quelqu'un sort de la maison.

Liette fixe la personne... et sent ses jambes devenir toutes molles. Elle voudrait se cacher sous la galerie comme Pacha, ou bien se rouler en boule comme un hamster dans une cage pleine de farine, ou mieux encore se sauver à tire d'ailes avec les oiseaux jaseurs.

— Bon... bonjour, madame directrice, fait Abdha.

# Chapitre

# Pas chat ni chat

Eh oui! Liette et Abdha sont chez Rose Lépine, la directrice de l'école Saint-Euzèbre. Et Pacha, c'est son chat!

— Que se passe-t-il, les enfants? demande madame Lépine.

— Euh... c'est le ça... et le sien, bafouille Liette, rouge de confusion.

— Comme c'est un beau chien! s'exclame Rose Lépine.

À la grande surprise de Liette, la dame sourit. En ce jour de congé, elle porte une jolie robe rose et un ruban de même couleur égaie ses cheveux gris. Un monsieur d'un certain âge vient la rejoindre sur la galerie.

— Je vous présente mon époux, Rosaire Lafleur.

Un mari, une maison... C'est curieux, Liette ne s'était jamais arrêtée à imaginer la directrice en dehors de l'école. Peut-être que c'est une personne comme les autres, après tout? Liette commence à se détendre un peu.

Abdha a pris Flic dans ses bras. La dame flatte le chien qui cesse d'aboyer. Le monsieur lui donne même un biscuit à croquer. C'est une friandise pour chats, mais ça n'a pas l'air de déranger Flic. Tout joyeux, il agite la queue et bave un peu en mâchonnant le biscuit.

Une tête noire poilue sort prudemment d'une petite ouverture creusée sous le treillis de la galerie : c'est Pacha. Ses grands yeux verts sont rivés sur le chien. Il ne semble pas très content de voir Flic déguster ses biscuits.

— T'en fais pas, Pacha, lance joyeusement le vieux monsieur, il y en a assez pour vous deux !

L'homme va placer quelques biscuits dans une assiette un peu plus loin, à bonne distance de Flic. Pacha sort lentement de son trou, toujours en fixant le chien d'un air méfiant. Puis il file vers le plat de nourriture.

C'est alors qu'un petit chaton, blanc jaune et noir comme Pacha, se pointe lui aussi la tête hors du repaire.

— Oh! qu'il est mignon! s'exclame Liette. Pacha, c'est son papa?

— Hum, pas tout à fait, répond la directrice d'un ton mystérieux. Pacha, ce n'est pas un chat...

— Pacha pas chat? répète Abdha.

Les deux enfants échangent un regard étonné. Qu'est-ce que c'est que cette histoire? Pacha, ce n'est tout de même pas... quoi? Un tigre nain? Un robot-chat? Un prince victime d'un mauvais sort?...

— Pacha c'est une chatte! explique la directrice avec un sourire malicieux.

— Pacha chatte, reprend Abdha en pouffant de rire.

Liette sourit au jeu de mots, elle aussi. Une directrice aurait-elle le droit de faire des blagues le samedi matin?

— Pacha a eu des chatons, récemment, continue la directrice. Je leur avais préparé un joli panier dans le garage, mais Pacha a préféré déménager pour être plus tranquille. Elle a transporté sa famille sous la galerie.

— Quel beau petit chat! s'exclame Liette en tentant de saisir le jeune curieux qui regarde toujours par le trou.

— C'est Nicha... Une chatte, elle aussi, précise madame Lépine.

Nicha rentre dans son trou. Liette se penche pour essayer de la voir.

Sous la galerie, c'est très sombre. Mais elle parvient tout de même à discerner quatre petites têtes poilues qui la fixent avec de grands yeux étonnés. Ils sont couchés sur quelque chose. Ça semble confortable, moelleux. On dirait un paquet de fourrure brune. C'est... Non! c'est pas vrai!...

Toutours!

# Chapitre

# Youppi !

Liette est folle de joie. Enfin elle a retrouvé son cher Toutours! Elle comprend tout: après s'être sauvée de la bibliothèque, hier, Pacha a chipé Toutours et l'a apporté jusqu'ici. Quel bel oreiller cela faisait pour ses petits chatons!

Rose Lépine et Rosaire Lafleur sont bien étonnés par toute cette histoire!

Liette étire le bras par l'étroite ouverture pour tenter de saisir l'ourson.

Elle se tortille autant qu'elle peut, mais il lui manque quelques centimètres. Nicha lui lèche les doigts en passant. Ça fait drôle, elle a la langue toute rugueuse.

Pacha, inquiète, vient rôder autour de Liette en miaulant pour rassurer ses petits. Flic, toujours dans les bras d'Abdha, se trémousse tellement qu'il finit par échapper au garçon. Il se lance aussitôt aux trousses de Pacha.

C'est la pagaille! Dans un concert d'aboiements et de miaulements furieux, chien et chat tournent plusieurs fois autour de Rose et Rosaire, éparpillent les biscuits, foncent à travers un rosier plein d'épines, font du slalom entre les chaises du patio... Oups! Pacha est acculée contre le mur du garage!

« P f f f f f r r r r r t t t ! M é o o o o o o o o w w r r r r r r ! » fait la chatte en se retournant, avec le poil tout hérissé et le gros dos.

Flic freine sec et évite de justesse un coup de griffe.

«Wou Wou Wouy!» se lamente le chien en courant se réfugier, tout piteux, derrière Abdha.

Monsieur Lafleur, amusé, se penche à quatre pattes devant la galerie tandis que son épouse éloigne

Pacha. Avec son bras plus long que celui de Liette, le vieux monsieur parvient finalement à atteindre l'ourson en peluche. Il le sort du trou et le tend à Liette.

Toutours! Cher vieux Toutours! Il est sale et tout plein de poils de chat, mais à part ça, il a l'air plutôt en forme. Un bon nettoyage et rien n'y paraîtra plus. Toutours sourit, comme toujours. Liette pousse un grand soupir : enfin, le revoilà!

Elle presse l'ourson bien fort contre son cœur en dansant de joie. Fermant les yeux, Liette s'imagine comme en rêve avec Toutours dans le ciel : des milliers d'étoiles et de petits cœurs virevoltent autour d'eux tandis que les oiseaux jaseurs claironnent partout la nouvelle.

Rose et Rosaire observent la scène avec attendrissement. Abdha bat des

mains et Flic se dandine comique-
ment. Seule Pacha semble un peu
indignée : tout de même, on lui a
enlevé le lit douillet de ses petits !
Madame Lépine prend la chatte dans
ses bras.

— Ne t'inquiète pas, ma chérie. Tu
voulais dorloter tes bébés, n'est-ce
pas ? Mais j'ai un vieux coussin qui
fera aussi bien l'affaire, tu verras.

La directrice gratte Pacha entre
les oreilles. Finalement, la grosse
chatte se laisse aller à ronronner. La
petite Nicha sort de son trou et vient
se frotter tout contre Liette.

— Elle reconnaît l'odeur de l'ourson, suppose monsieur Lafleur.

— Nicha va s'ennuyer de Toutours,
dit Liette. Je la comprends : ça lui
faisait un super bon gardien quand sa
maman sortait.

· — Je ne pourrai pas garder tous ces chatons, déclare madame Lépine. Quand elle sera sevrée, tu pourrais adopter Nicha, si tes parents y consentent.

Liette ouvre de grands yeux. Elle consulte Toutours du regard. Il semble d'accord.

— Youppi! Merci!

Les deux enfants saluent la directrice et son mari. Ils prennent joyeusement le chemin du retour. Liette, son précieux ourson dans les bras, a bien hâte d'apprendre la bonne nouvelle à ses parents.

— Abdha, tu as été super gentil de m'aider, lance Liette à son nouvel ami.

— Flic aussi! Chien pas bête, hein? répond le garçon en riant.

— C'est vrai, avoue Liette, il nous a menés directement à Toutours. Flic est bien plus fin qu'il en a l'air !

Liette tapote affectueusement la tête du chien. Puis elle place l'ourson devant lui.

— Flic, dit-elle, Toutours te fait dire un gros merci !

Le chien flaire la peluche en frétillant de la queue, puis redresse fièrement la tête. On jurerait que Flic et Toutours se sourient l'un l'autre !

FIN

# Table des matières

## Mot de l'auteur

Jean-Pierre Guillet

Liette a percé le mystère : elle a trouvé Toutours... mais aussi un nouvel ami, et la directrice ou le concierge lui feront moins peur, à l'avenir. Parfois, on se fait de fausses idées sur les gens, juste parce qu'ils sont différents de nous. Je te souhaite, comme Liette, de découvrir ce qu'il y a de beau chez les autres et d'avoir de bons amis.

Chez moi, il y a des jours où c'est un peu comme à l'école Saint-Euzèbre, quand on cherche la gerbille Paprika qui s'est évadée, ou quand les chatons de notre chatte Kiwi courent partout, ou encore quand mes enfants et leurs amis inventent mille et un jeux farfelus qui inspirent mes histoires. Seul Nounours reste toujours bien sage. Ma fille l'a reçu en cadeau de sa marraine (une bonne fée ?) avant même de naître. Aujourd'hui, elle a à peu près ton âge. Nounours dort encore avec elle, nous accompagne en voyage et pose même pour les photos de famille !

## Mot de l'illustrateur

Bruno Saint-Aubin

Quand j'ai illustré ce roman, j'ai demandé à mes chats Lupin, Lupette et Lupinette de m'assister. J'ai eu de l'aide jusqu'à ce que mes pinsons décident, eux aussi, de me donner un coup d'aile. Ce fut la pagaille sur ma table à dessin. Lupin monta sur ma lampe, Lupette s'accrocha à mon dos et Lupinette, la rusée, attendit le retour des pinsons sur la cage. Malgré ce fouillis, j'ai réussi l'impossible : remettre les pinsons sains et saufs dans leur cage et les chats dehors (ce qui ne fut pas une mince affaire...). Mais depuis ce temps, j'ai un poil sur la langue, du poil aux dents, aux oreilles, aux mains, bref partout ! Et en bonus, une plume de pinson sur la tête, *une mystérieuse boule de poil*. Heureusement, tante Merline et ses potions m'ont redonné l'apparence habituelle pour la photo.

À propos, Lupette a eu un petit chaton. J'ai pensé l'appeler Lupinot... Qu'en penses-tu ?

# Dans la même collection

Bergeron, Lucie,
*Un chameau pour maman*
*La grande catastrophe*
*Zéro les bécots !*
*Zéro les ados !*

Bilodeau, Hélène,
*Jonas dans l'ascenseur*

Boucher Mativat, Marie-Andrée,
*La pendule qui retardait*
*Le bulldozer amoureux*
*Où est passé Inouk ?*
*Une peur bleue*

Campbell, A.P.,
*Kakiwahou*

Comeau, Yanik,
*L'arme secrète de Frédéric*

Cusson, Lucie,
*Les oreilles en fleur*

Mativat, Marie-Andrée et Daniel,
*Le lutin du téléphone* 🐦
*Mademoiselle Zoé* 🐦

Rollin, Mireille,
*La poudre de Merlin-Potvin* 🐦

Roy, Pierre,
*Barbotte et Léopold* 🐦
*Salut, Barbotte!* 🐦

Sauriol, Louise-Michelle,
*La course au bout de la Terre* 🐦
*La sirène des mers de glace* 🐦

Simard, Danielle,
*Lia et le nu-mains* 🐦
*Lia et les sorcières* 🐦


🐦 lecture facile
🐦 🐦 bon lecteur

93

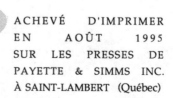ACHEVÉ    D'IMPRIMER
EN      AOÛT      1995
SUR   LES   PRESSES   DE
PAYETTE  &  SIMMS  INC.
À SAINT-LAMBERT  (Québec)